अनंतिम

[कविता-संग्रह]

अनंतिम

[कविता-संग्रह]

अनंतिम

कुमार अंबुज

आमोद कु. महेश्वरी एण्ड सण्स
नई दिल्ली-110 092

मूल्य : ₹ 150

पहला संस्करण : 2014

प्रकाशक : आमोद कु. महेश्वरी एण्ड सण्स
एच-601, फ्रेंड्स अपार्टमेंट्स, पटपड़गंज
दिल्ली-110 092

आवरण : राधाकृष्ण स्टूडियो

मुद्रक : बी.के. ऑफसेट
नवीन शाहदरा, दिल्ली-110 032

ANANTIM
Poems by Kumar Ambuj

ISBN : 978-81-89444-79-2

यह संस्करण
अप्रमेय
और अगम्य
के लिए

क्रम

एक राजनीतिक प्रलाप

यहाँ अब कुछ इच्छाओं का गुम हो जाना सबसे मामूली बात है
मसलन धुएँ के घेरे के बाहर एक जगह
या एक ठहाका या एक किताब

कबाड़ में ऐसी कई चीज़ें हैं जिन पर ज़ंग और मायूसी है
कबाड़ के बाहर भी ऐसी कई चीज़ें हैं जिन पर जम गई हैं उदासी की परतें
मूर्त यातना जैसा कुछ नहीं
बर्बरता एक वैधानिक कार्यवाही
जिसके जरिए निबटा जा रहा है फालतू जनता से
अख़बार और हास्य धारावाहिकों के असंख्य चैनल हैं
कंप्यूटर पर खेल हैं नानाविध

मेरे गाँव तक जाने का रास्ता बंद है अभी भी
वर्षों पुरानी निर्माणाधीन पुलिया की प्रतीक्षा में
उस पार करोड़ों लोग हैं जिनके जीवन से इधर कोई सरोकार नहीं
जो लोग दुर्घटनाओं में मरे उनकी लाशें अभी सड़कों पर हैं
शेर, शेर होने के जुर्म में मारे गए हैं
और सियार, सियार होने की वजह से
निर्दोष मारे गए उस गली में जहाँ हुए वे अल्पसंख्यक
यह एक बस्ती अभी-अभी उजड़ी है जहरीली शराब से

मेरी माँ के पैर में पिछले नौ बरस से फोड़ा है
हर गर्मी में फूट पड़ती है बेटे की नक़सीर
और उपाय मेरी पहुँच से दस हज़ार मील दूर हैं

उधर एक कवि कूद जाता है तेरहवीं मंज़िल से
एक वह अलग था जिसे चौराहे पर पुलिस ने मार डाला था लाठियों से
फिर भी करोड़ों लोग हैं जो जीवित रहने के रास्ते पर हैं
मैं ख़ुद ज़हर नहीं खा पा रहा हूँ
और ठीक-ठीक नहीं कह सकता कि यह एक आशा है
कायरता है या साहस

इतनी ज़्यादा मुश्किलें हैं जिनमें जीवित हैं लोग
करोड़ों लोग ग़रीबी के नर्क में हैं
करोड़ों बच्चे झुलस रहे हैं फैक्ट्रियों में
करोड़ों स्त्रियाँ जर्जर शोकमय शरीरों में मुस्करा रही हैं
अदृश्य सुखों की प्रतीक्षा में हाड़ तोड़ रहे हैं करोड़ों लोग
जो भी मुश्किलें हैं वे करोड़ों की गिनती में हैं
और नामुमकिन-सा ही है उनका बयान
अभाव और बीमारी—हज़ारों लोहकूटों द्वारा कूट दिए गए शब्द हैं
करोड़ों ऐसे फ़ैसले लिए गए हैं हमारे वास्ते जिनमें हम शामिल नहीं
लोग पसीज रहे हैं मगर दाँव पर कुछ नहीं लगा पा रहे
जिन्हें दुःखों को पार करना था वे अब रह रहे हैं दुःखों के ही साथ

अंत में मेरे पास फिर वही कुछ निराश शब्द बचे रहते हैं
चमक-दमक और रईसी के बीच चमकते हैं करोड़ों पैबंद
अनंत आश्वासनों के बीच मेरे पास कोई नारा नहीं है
न मैं मारो-काटो-बचाओ कह सकता हूँ
मैं ही क्या करोड़ों लोग हैं जो इतनी आपाधापी में हैं
कि रोज़ी-रोटी के अलावा बमुश्किल ही कर सकते हैं
कोई और काम।

प्रधानमंत्री और शिल्पी

'चारों तरफ़ खड़े हुए हैं शिल्पी
जिनके बीच बैठे मुस्करा रहे हैं प्रधानमंत्री'—
यही एक तस्वीर है जो छपी है सभी अख़बारों में

पुरस्कृत किया जाना था उन्हें इसलिए
दूर-दूर से आए थे शिल्पी
जहाँ बैलगाड़ी भी नहीं पहुँचती बारहों महीने
ऐसे गाँव से आए थे कुछ शिल्पी
कुछ शहरों से भी आए थे मगर वे शहर के कोनों में बनाई गईं
बस्तियों में रहते थे जो कमज़ोर थीं शिल्प के लिहाज़ से
बहुत सारे शिल्पी क़स्बों से आए थे
और उन क़स्बों को नहीं खोजा जा सकता था देश के नक़्शे में

कोई चादरों पर राजपूत शैली को बचा रहा था
कोई काँगड़ा शैली कोई मुग़ल
एक तो अभी भी जीवित था गाँधार शैली में
कोई जंगली चिड़िया को ढाल रहा था पीतल में
तो कोई ताँबे में
कोई काँसे में से वक्ष निकालकर लाया था
उन्हीं में से एक था जो अपनी दुश्चिंताओं से भी बड़ा

लोहे का वृक्ष बनाता था
किसी ने मिट्टी के चेहरों में डाल दी थी जान
कोई लकड़ी में से कुरेद रहा था यह पूरा संसार
उनके पास आदिम सभ्यताएँ थीं आदिम कलाएँ
और वैसे ही चेहरे

उन्हें मास्टरों, पटवारियों, सरपंचों
और विकास खण्ड के कारकूनों ने भेजा था यहाँ

ऐसे एकत्र हो गए शिल्पियों से प्रधानमंत्री ने कहा
मुझे गर्व है कि आप लोग
शिल्पी हैं और तमाम कठिनाइयों के बीच कर रहे हैं काम
शिल्पियों में से एक-दो ने कहा हिम्मत बटोरकर
हमें नहीं मिलती लकड़ी
लोहा और ताँबा नहीं मिलता
नहीं मिलते रंग नहीं मिलती मिट्टी तक
और जैसे-तैसे बना लें कुछ तो नहीं मिलती
इतनी भी क़ीमत कि निकल सके लागत !

प्रधानमंत्री मुस्कराए
और तभी आ गया फ़ोटोग्राफरों का दल जिसने खींची ऐसी तस्वीर
जिसमें चारों तरफ़ खड़े हुए हैं शिल्पी अटपटे
और बीच में बैठे मुस्करा रहे हैं प्रधानमंत्री।

सापेक्षता

मैं तुम्हें प्यार करता हूँ
और कभी-कभार करता हूँ क्रोध
या कहूँ कि मुझे याद आता है मेरा बचपन
कि दुःखों ने घेर रखा है मुझे और देखो चक्रव्यूह में कुछ चमकता है
रात-दिन चलती हैं मशीनें और यकायक रचती हैं मौन
टूटता है चिड़िया का पंख और चक्कर खाता है हवा में
और ये हम हैं—
जो पशु हैं मगर मनुष्य होने के अर्थ और बोध से भरे हुए

यह सब सापेक्षता है

कोई भी शब्द, स्वर या क्रिया इससे परे नहीं
यही है वह शब्द जो बसा हुआ जड़-चेतन के केंद्रक में
इसको समझे बिना एक पल भी गुज़ारा नहीं
एक क़दम भी नहीं बढ़ाया जा सकता जीवन में
विचारों से, अँधेरों से, सँकरे-चौड़े रास्तों से गुज़रते
करते सही-ग़लत की पहचान बचते हुए दुर्घटनाओं से
चले आए हैं हम यहाँ तक इस के सहारे
और इतनी मज़ेदार यह कि जो नहीं जानते
कि आख़िर यह सापेक्षता है क्या बला

वे भी सिर्फ़ इसीकी वजह से जीवित रहते आए अब तक
और जिन्हें कुछ-कुछ मालूम है वे मंद हँसी में सोचते हैं
कि हज़ार जीवन पाकर भी भला इसे किस तरह समझा जाए ठीक-ठीक !

तारामंडल, हँसी, रुदन,
पत्थर, मौसम, झूठ,
रहस्य और ज्ञान
सब कुछ के पीछे चुपचाप काम करती हुई यही सापेक्षता
भौतिकी और गणित के बाहर भी पसरी हुई चर-अचर जगत में
सारे जीवन को हर जगह बनाती हुई सापेक्ष
विचारों की एक इतनी लंबी शृंखला कि उससे लगाए जा सकें
इस ब्रह्मांड के सैकड़ों चक्कर।

उसी एक क्षण ने

इस संसार में जो भी कहीं था
वह मित्र था या फिर शत्रु
कुछ इस तरह के शत्रु थे कि मुसीबत में आते थे काम
कुछ इस तरह से मित्र थे
कि उनके रहते ज़रूरत न थी शत्रुओं की
यह अलग बात है कि उनमें से कई बहुत बाद में मिले
कई पुस्तकों में मिले कई यात्राओं में
कुछ की सिर्फ़ तस्वीरें देखीं
कुछ की सुनीं सिर्फ़ कहानियाँ
और बहुतों से तो मिलना होगा भी नहीं

जो तटस्थ दिखते थे वे अपनी तटस्थता में भी शत्रु थे या मित्र
हाँ-हाँ कहने से ही नहीं होता कोई किसी का मित्र
जैसे नहीं-नहीं करने से नहीं हो जाता कोई किसी का शत्रु
कुछ लोग मित्र बनना चाहते थे इस पूरे संसार का
और यह चाहत इतनी खूँख्वार थी कि उसे पाने के लिए
वे पेश आते रहे शत्रु की तरह

उन्हीं में से कुछ-कुछ हम थे
सबके लिए शत्रु सबके लिए मित्र

कभी-कभी तो एक पल के लिए शत्रु
और दूसरे पल के लिए मित्र

वह क्षण दुर्लभ था जब हम मित्रों से
सचमुच मित्र की तरह पेश आए
और शत्रुओं से शत्रु की तरह
उसी एक क्षण ने
थोड़ा-बहुत ठीक किया इस दुनिया को।

ज़ंजीरें

असंख्य ज़ंजीरें थीं सब तरफ़
उनमें से कभी टूट जाती थी कोई ज़ंजीर तो मच जाता था तहलका
कभी-कभी ऐसा भी होता था कि उस तरफ़ नहीं जाता था
किसी का ध्यान
फिर स्वप्न में या अचानक किसी गली से गुज़रते हुए आता था याद
कि न जाने कब टूट गई वहाँ पड़ी हुई एक ज़ंजीर
गाहे-बगाहे कोई विद्वान या कवि बताता था कि वह एक भारी ज़ंजीर थी
जो काटी गई एक शब्द की धार से
और ऐसी ही एक ज़ंजीर को काटा था एक आदमी ने अपनी पूरी ज़िंदगी
की दराँती से
इस काम में उसे लगे थे चौहत्तर साल
जिसका थोड़ा-बहुत हिसाब मिल सकता है किसी संग्रहालय में
मगर ज़ंजीरें लोगों के जीवन में इस तरह थीं जैसे शरीर में आँतें
उनके कट जाने पर उन्हें घेर लेती थीं पेचिश और वमन जैसी बीमारियाँ
वे तड़पते थे उन काट दी गईं ज़ंजीरों की स्मृति में
और उनकी हाहाकारी कराहों ने
भर दिया था समय की संभव शांति को एक स्थायी शोर से

अक़सर होता था कि ज़ंजीरों को काटने की कोशिश में
उनकी भारी कड़ियाँ गिर पड़ती थीं हमारे माथों पर
माथे पर पड़े उन निशानों से पहचान लिए जाते थे हम अपने लोगों के बीच

बाक़ी दूसरे समझते थे कि ये निशान यों ही लड़ाई-झगड़े के हैं या कहीं गिर पड़ने के
इन वजहों से भी मुमकिन होता था कि ज़ंजीरें काटी जा रही थीं थोड़ी-थोड़ी रोज़-रोज़
यह भी दिलचस्प था कि कुछ पाठ शामिल कर दिए गए थे बच्चों की किताबों में
जिनमें बताए गए थे ज़ंजीरों को काटने के सैद्धांतिक तरीक़े
मगर बच्चों की मुश्किल यह थी कि जंजीरों के साथ जीने की कला
के बारे में भी कुछ किताबें थीं पाठ्यक्रम में

इस तरह ज़ंजीरों की प्रतिष्ठा ने लगभग अटूट कर दिया था ज़ंजीरों को
वे आभूषणों की तरह हो गई थीं
कुछ संस्कारों की तरह थीं और पवित्र बंधनों की तरह चिपकी थीं त्वचा से
लगता था उन्हीं ने थाम रखा है संसार
वे हमारी सभ्यता का चेहरा हो गई थीं
चौखट पर ही देखा जा सकता था उन्हें पड़ा हुआ
हमारे ज़रा-से उत्खनन से ही प्रकट होने लगती थीं वे
हमारे ही भीतर से अपने भारी और जंग लगे रूप में निकलती हुईं
उनकी खन्-खन् की आवाज़ें एक समूह को भर देती थीं ख़ुशी से
और एक दूसरे समूह को भय से
और यह प्रक्रिया तबदील हो चुकी थी सामाजिक विकास की प्रक्रिया में
वे लताओं की तरह उगती थीं और बरसों बाद
यकायक पता चलता कि वे लताएँ नहीं ज़ंजीरें हैं
मगर तब तक बहुत देर हो चुकी होती थी
और अमूमन हम पड़ चुके होते थे उनके प्रेम में
फिर सब मिलकर करते थे उनकी रक्षा
हर घर में उनके उत्पादन के कारख़ाने थे
किसी भी धातु की बन जाती थीं वे

उन धातुओं की भी जिनका कोई ज़िक्र नहीं धातु-विज्ञान में

वे अजीवित थीं मगर उनमें विलक्षण क्षमता थी भक्षण और प्रजनन की
टेपवॉर्म की तरह हमारे अंतरों-कोनों में चिपकी हुईं वे अतृप्त अनंत भूख की स्वामिनें

खाती हुईं हमारा पचा हुआ अन्न
उन्हें पहचान लेना कठिन न था
लेकिन उन्हें उनके असली नामों से पुकारना अपराध था
उनके असली नाम यों भी अलौकिक थे और हमारी भाषा के
सुंदरतम शब्दों को घेर रखा था उन्होंने
उनके स्कूल थे उनके दफ़्तर थे
और सबसे मज़ेदार और हतप्रभ कर देने वाली बात थी कि उनके पास ऐसे विचार थे
जो विचार नहीं थे मगर स्वीकृत थे विचारों की तरह उसी शाश्वत जनता में
जो ज़ंजीरों को उनके अलौकिक नामों से जानती थी
और उनमें जकड़ी हुई हँसती-रोती थी
उसके हँसने-रोने की आवाज़ों में दब जाती थीं ज़ंजीरों की आवाज़ें
जो घंटियों, चीख़ों, अंतिम पुकारों, हकलाहटों, प्रार्थनाओं की तरह सुनाई देती थीं
और उनमें छिपे आर्तनाद से व्यथित कुछ लोग आख़िर
अपनी-अपनी आरियाँ लेकर जुट जाते थे ज़ंजीरों को काटने में
और बार-बार अपने लिए बनाते थे ऐसी आज़ाद जगहें
जहाँ रह सकते थे ऐसे कई लोग और भी
जिन्हें पूरी उम्र काटते ही जाना था हर रोज़ काई की तरह फैलती हुई ज़ंजीरों को।

धुंध

वह धुंध जो हवा के पर्दों में कोहरे की है
जो उस अरण्य की है जिसमें मैं अकेला छूट जाता हूँ
वह जो मेरी चेतना पर पड़ी असंख्य छायाओं की है
वह धुंध जो सूक्तियों में है और उतर आई है प्रार्थनाओं में
जिसके पार न आवाज़ जाती है न रोशनी
वह धुंध जो ज्ञान के असीम प्रकाश की रेख में छिप रही है
और घुल रही है आनेवाले दिनों की आकांक्षा में
वह जो चीज़ों में नहीं उनकी आभा में रहती है

वह जो विस्मृत होती जा रही स्मृति की है
और अपने रहस्य से बनाती है दुनिया को धुँधला
जिसमें से गुज़रते हैं तमाम मनुष्य
जो पशुओं का जीवन नहीं बनाती दुष्कर
वह धुंध जो सोख लेती है समुद्र में गिरती आकाश की परछाईं का रंग
वह धुंध जिसमें से एक धुन निकल जाती है तीर की तरह

रोज़ उसीके पार जाता हूँ मैं।

शाम

उजले प्रदेश की भूरी चिड़िया
चक्कर खाते हुए बैठ गई है पीली दीवार पर
जो उस जनपद में है
जहाँ सारे घर कुनकुने पीले होकर चमक रहे हैं
यह एक उदास रंग जो शाम में ज़्यादा निखरा हुआ लग रहा है
दरवाज़े, खिड़की, ओसारे से होता हुआ पहुँच रहा है भीतर तक
सिर्फ़ टेकरी के मंदिर का कलश लाल-सिंदूरी होकर चमक रहा है
यह अँधेरे से पहले की चमक जिसे डूबना ही है अँधेरे में

अभी यह होती हुई शाम है ऊष्मा और ठंड की
तंग जगह से गुज़रती हुई
खजूर की पत्तियाँ अपनी ऊँचाई की रोशनी में हिल रही हैं
नदी की आवाज़ अब आ चुकी है पचास गज़ की दूरी पर
लौट रहे हैं पुरुष और मवेशी
उनके कंधों पर थकान का रंग बैठा है उमंग बनकर
टुनटन आरती शुरू होने को ही है टेकरी पर
अभी तो एक ऊब है जो फैली हुई है बुज़ुर्गों की फ़ुरसत में
साँवली होती हुई पीली-सी ऊब
जिसकी गंध से मक्खियाँ रात गुज़ारने के लिए ठौर ढूँढ़ रही हैं

बाँस के झुरमुट और कबीट के पेड़ों के बीच के रास्ते पर
नमी धूल को भारी बना रही है
ओस गिरने का कोई समय नहीं है
समय पर उसे पार किए जाने के निशान हैं
और कड़वे तेल की रोशनी से पहले यह डूबते सूरज की परछाईं है
जैसे विस्तारित समुद्र की हिलती हुई पीली तस्वीर
जिसमें शीशम की लकड़ी के फ्रेम की छाया घुल रही है

एक जख़्म है नीला-साँवला खिलता हुआ नए रूप में
एक स्वर उजास की विरलता में काँपता हुआ गहराता
तरंगों से भर गया है आकाश का मैदान
सुनसान का रिसीवर अपनी वेवलेंग्थ पर आवाज़ों को पकड़ रहा है
मद्धिम चीख़ों और भाषा के अनजान द्वीपों के किनारे
जमा हो रही हैं कई वर्षों की किश्तियाँ
हवा अपनी मस्ती में है उसे नहीं पता वह पारदर्शी प्रकृति है
जिसमें से दिखती हुई सुनहरी-अँधेरी होती शाम डूब रही है
(जैसे इस तरह डूब रही हो पहली बार।)

रात

स्मृतियाँ बाहर आ रही हैं अपने घोंसलों से
चीज़ों में रात का रंग समा गया है
सब चीज़ों की पहचान घुल गई है रात की पहचान में
पूरा संसार एक कुआँ जहाँ स्थिर है साँवला जल
जिसमें अकस्मात् गिरते हैं आवाज़ों के पत्थर
रह-रहकर फैलती है एक लहर अँधेरी दुनिया में

वसंत रात में लौटता है सोई हुई वनस्पतियों की नींद में
हवा में सीटी की आवाज़ है और चरमराहट
यह वसंत के चलने की आवाज़ है
जिसकी गंध बंद हो रही है बौरों और नई पत्तियों में

इस समय बारिश हो सकती है
हो सकता है बाहर जमा हो रहा हो कोहरा
रात में अदृश्य-सा घटता रहता है कुछ
जिसके निशान थोड़े-बहुत दिखते हैं सुबह की लालिमा में
और बहुत सारे अदेखे की साक्षी होती है रात
जो एक जैसी गिरती है फुटपाथ पर सोए बेघर लोगों की क़तार पर

जहाँ-जहाँ हरकत थी और जिनसे होती थी जीवन की पहचान

वे सब अधिकतर चीज़ें गुमसुम हैं अपने अगले सपनों में खोई हुईं
एक आदमी बेलौस गा रहा है सूखे झरने का गीत
देर रात का यह समय दुःख के राग का समय है

कुछ जगहों पर जाग है और रोशनी की गर्माहट
रात में असीम जगह है जो चीज़ों के
एक तरफ़ सिकुड़ने से बनी है
चीज़ें जो ग़ायब नहीं हुई हैं और साँस ले रही हैं
यह रात है जिसमें स्पर्श ही सबसे बड़ा विश्वास है।

इंतज़ार

इंतज़ार करते हुए हम सबसे अलग होते जाते हैं
पहुँचते हैं भविष्य के सुंदर दृश्यों में
लुढ़कते हैं वर्तमान की तीखी ढलानों से
और गिरते हैं ऐसी शांत घाटी में
जो सबसे ज़्यादा अशांत करती है हमें

इंतज़ार करते हुए एक बोझिल बेचैनी हमारे आसपास
किसी अदृष्ट पक्षी, जैसे गरुड़, की तरह मँडराती है
और हम पाते हैं एक दिन कि हमारे इंतज़ार में
शामिल हो रही है लोगों की टीका-टिप्पणी
वे हमें देखने लगे हैं विस्मय से
और हमारी बेक़रारी भाँपकर
डूब गए हैं असीम मनोरंजन में
एक लड़की और एक अनुभवी अधेड़ हमारे इंतज़ार पर
दया भरी निगाह डालकर मुस्करा चुके हैं

तरबतर इंतज़ार में आख़िर हम पाते हैं
हमारे कान सतर्क हो गए हैं कसमसाने लगी हैं बाँहें
क़दमों की आहट शामिल हो चुकी है हमारे आकर्षण में
सीने में उठने लगी हैं हिलोरें

एक चिट्ठी, एक चित्र, एक कविता
या आती हुई कोई परछाईं भी
हमें भर देती है उम्मीद से
लगता है यही हमारे इंतज़ार की पदचाप है
और तेज़ रफ़्तार से दौड़ने लगता है ख़ून
और ख़ुशी से उछलने लगती हैं रक्त में शामिल लाल कणिकाएँ।

चमक

मन के सबसे भीतरी कोने में जो चमक है
वही है जो रोक लेती है
जीवन के सबसे अकेले और अशक्त क्षण की हिंसा
वही है जो उठाए चली जाती है अपनी नुकीली नोक पर
एक सबसे नाज़ुक ख़याल

वह चमक एक अणु की जो दमकती है पूरे पदार्थ में
भटकते रहते हैं जिसके लिए लोग तमाम
वह जो अँट नहीं पाती किसी भी रंग में
वह चमक जो आत्मा नहीं है
उम्मीद तो कतई नहीं
कभी-कभी जो दिखती है साधारण-सी चीज़ों में

अमूमन लगता है वही है जो विकल कर रही है हमें
फिर कभी अचानक आता है याद
उसीने थाम रखा है यह जीवन।

जब दोस्त के पिता मरे

बारिश हो रही थी जब दोस्त के पिता मरे
भीगते हुए निकली शवयात्रा
बारिश की वजह से नहीं आए ज़्यादा लोग
जो कंधा दे रहे थे वे एक तरफ़ से भीग रहे थे कम
सबसे पहले बारिश होती थी दोस्त के पिता के शव पर

दोस्त चल रहा था आगे-आगे
निरीह बेहोशी से भरी डगमगाती हुई थी उसकी चाल
श्मशान में पहुँचकर लगा बारिश में बुझ जाएगी आग
कई पुराने लोग थे वहाँ जो कह रहे थे
नहीं बुझेगी चिता
हम सबने देखा बारिश में दहक रही थी चिता

लौटने में तितर-बितर हुए लोग
दोस्त के कंधे पर हाथ रखे हुए लौटा मैं
मुझे नहीं समझ आया क्या कहूँ मैं उससे
मुझे तो यह नहीं पता कि कैसा लगता है जब मरते हैं पिता
अब जब मर गए दोस्त के पिता तो क्या कहूँ उससे
कि बारिश में हिचकी लेता हुआ उसका गीला शरीर न काँपे
कौन-सा एक शब्द कहूँ उससे सांत्वना का आख़िर

यही सोचता रहा देर तक

रात को जब घर लौटकर आया
बारिश उसी तरह हो रही थी लगातार।

चोट

वही चोट देती है दूर तक साथ
जो नहीं देती दिखाई
जिसे खाकर नहीं ठिठके एक क्षण के लिए भी
जो दी गई चालाकी के साथ
जिसे लिया गया मुस्कराहट के साथ

जिसे जीवन भर नहीं समझ पाया कोई दूसरा
जो रंगों के बीच में से बह गई
निकल गई शब्दों के रंध्रों में से
जो जाकर रही बादलों के बीच
और बरसती रही चुपचाप बारिश के साथ
दौड़ती रही ख़ून में
जो पैठ गई हड्डियों में
जिसने विकृत नहीं किया चेहरा
बस, कर दिया उदास।

आयुर्वेद

आयुर्वेद की महक प्रकृति की महक है

वनस्पतियाँ, तना, छाल, जड़ें, फूल, पत्तियाँ
बीज और बीज के भीतर की गिरियाँ और खनिज
जिनमें प्रकट आयुर्वेद
जहाँ संयम ही स्वास्थ्य है और भोजन भी औषधि
दोषों को नाड़ी की गति से पहचानता हुआ
वात-पित्त-कफ के किले में सेंध लगाता
मुस्कराता है एक ऋषि–
एक वैज्ञानिक अपने शल्य और भेषज ज्ञान से दमकता

हर्र, बहेड़ा, आँवला, सौंठ, तुलसी, पीपल
पर्यावरण ही आयुर्वेद
जो डूब रहा है सभ्यता के उत्तर औद्योगिक समुद्र में
विस्मृति की सीमा पर खड़ा है अनुपान भेद का ज्ञान
वंशलोचन, पारद, शिलाजीत, भृंग, महासुदर्शन
तेजोमय रूप सभी
डूबते हुए अधैर्य के पोखर में गिरते हुए पूँजी के गर्त में

अब कोई नहीं पहचानता जड़ी-बूटियाँ

जो कहते हैं कि हम पहचानते हैं—वे उद्योग हैं
शहद बनाती हैं मधुमक्खियाँ
और कंपनियों के डंक !

खरल, घुटाई, कुटाई, भावना, पुट सब बचपन की सुनी बातें
अरिष्ट, आसव, अवलेह, भस्म, चूर्ण, रस, वटी
भस्में राजाओं की चूर्ण प्रजा का
मगर सभी देवपुत्र, सभी देवपुत्र !
अश्वनी, धन्वन्तरि, सुश्रुत, पराशर के ऋणी

पथ्य-अपथ्य की सूची लंबी
फिर भी गुड़, तेल, खटाई, मिर्च—ये चार अपथ्य हमेशा हाज़िर
राजवैद्य कब के स्वर्गीय हुए
वैद्य भी अब कहाँ बचे
जो एक-दो हैं वे नब्बे पार कर चुके
सरकारी आयुर्वेदिक अस्पताल भरे हैं
ऐलोपैथी की परीक्षा में अनुत्तीर्ण हुए लोगों से
हाथ से छूट चुका है नाड़ी का स्पंदन
च्यवन की भौचक आत्मा तले
चार रुपए का आँवला बिक रहा है सौ रुपए में
देखिए, चरक घूम रहे हैं बौखलाए हुए
पूछते हुए नीम का पता।

होम्योपैथी

(होम्योपैथी के जनक डॉ. हैनीमैन की स्मृति को समर्पित)

अणु-परमाणु की परछाइयों में मौजूद है वह
सूक्ष्म विज्ञान का सूक्ष्मतम रोमांचक संसार
जितनी कम दवा उतनी ही अधिक शक्ति
उसका संवाद कोशिकाओं के नाभिक से
सीधी-सच्ची पारदर्शी औषधि जिसे नहीं किया जा सकता सिद्ध
रहस्यमयी पारदर्शिता !

होम्योपैथी पूछती हुई आपसे आपकी प्यास
और आपके स्वाद के बारे में
या यह कि दर्द कहाँ से और कब उठता है
तकलीफ़ दिन में या रात में किसी ख़ास वक़्त पर
दाईं तरफ़ या बाईं तरफ़
वह आपकी नींद और पसीने की चिंता से शुरू करती है अपना काम

अल्कोहल की गंध से महकती ग़रीबों के लिए मुफ़ीद
लग जाए तो चमत्कार की तरह
वरना भटकते रहिए लक्षणों के जंगल में
नुक़सान कुछ नहीं
और होगा तो फिर ऐसा कि जीवन भर नहीं हो सकती भरपाई

उसकी उग्रता भयानक
उग्रता जो बताती है दवा जा रही है ठीक रास्ते पर

एक होम्योपैथ के दिमाग़ में दो सौ छप्पन ख़ाने
उसके दिमाग़ में कास्परोव के दिमाग़ से अधिक चालें
जिन्हें चलते हुए वह बार-बार होता सफल-असफल
जब गुज़रता हो वह बुदबुदाते हुए अपनी दार्शनिक चाल में
तो उसे पागल कतई न समझा जाए
हो सकता है किसी लंबी खंभे जैसी स्त्री को देखकर
उसे याद आ गए हों 'सीपिया' के लक्षण
या कीचड़ भरी आँखों और मटमैले कपड़ों में जा रहे किसी आदमी से
आ गया हो उसे 'सल्फर' का ख़याल
'नक्स वोमिका' की असाधारण सामान्यता पर मुस्कराया हो वह
या फिर यह सोचकर हो रहा हो परेशान
कि प्रदूषित होते जा रहे इस संसार में
आख़िर कैसे जीवित रह पाएगी नाज़ुक औषधि
या इस समय उसे मथ रहा हो कोई जटिल पुराना रोगी

होम्योपैथी एक सदय मनुष्यता
जो फँसती ही जा रही है
नक्क़ालों और विक्रेताओं के जाल में

समः समं शमयति।*

सीपिया, सल्फर, नक्स वोमिका : कुछ प्रसिद्ध होम्योपैथिक दवाएँ।
समः समं शमयति : होम्योपैथी का मूल सिद्धांत, अर्थात् ''समान लक्षणों का वही दवा शमन कर देगी जो स्वस्थ आदमी में वैसे लक्षण पैदा कर सकती है।''

आबाद दुनिया

शनि और मंगल ग्रहों ने नहीं रोके मेरे रास्ते
आकाशगंगा एक सुदूर सुंदर दृश्य की तरह थी
जिसके होने की चेतना की परछाईं गिरती थी मेरे ऊपर
सबसे ज़्यादा क़रीबी था चंद्रमा जिसकी रोशनी में
नहाया हुआ खिला-खिला लगता था संसार
सूर्य अपनी मौज में जब चमकता था
तो एक उजले दिन की गरिमा होती थी
रात इतनी गहरी, इतनी अबूझ और इतनी दिलकश थी
कि उसमें सो जाना अपने आपको धोखा देना था
सोई हुई चीज़ों को जगाता हुआ जागता था मैं

मैं अकेला नहीं था चुपचाप भी नहीं
मेरे चलने की, मेरे देखने की और मेरे सोचने की आवाज़ें थीं
जो दूसरों की ऐसी ही आवाज़ों से टकराती थीं
अकेला होना एक यातना थी जिससे बचता हुआ
मैं चलता जाता था अपने रास्ते पर
जहाँ हाँफने का
और फिर चलने का दृश्य कौंधता था बार-बार

मनुष्य होने की दिनचर्या के बीच

मेरे नीचे मेरी ज़मीन थी जिसकी मुरम पर चलने की अनोखी आवाज़ थी
जिसमें प्रकृति भी मिलाती थी अपनी ध्वनियाँ
भाषा थी जो मुझमें संगीत की तरह गूँजती थी
यह मेरी दुनिया थी
जिसे हर बार करता था मैं आबाद
और इस पृथ्वी पर उसे रोज़ जन्म देता था।

बहुरूपिया

मैं एक बहुरूपिया रोज़ बदलता अपना रूप
धीरे-धीरे यही काम हो गया मेरा जीवन जिसका मैं रह गया दर्शक
कहीं धमकाता कहीं होता हुआ खुश
कहीं सिर झुकाकर देखता क़ालीन में धँसे अपने पाँव
फिर वापस लौटकर आता अपनी दयनीय भूमिका में
दूसरे ही पल करता स्वाँग बहादुर होने का
हास्यास्पद लगता हुआ पकड़ा जाता हर एक रूप में
फिर हँसता इस तरह मानो माँगता होऊँ अपने अभिनय का मेहनताना
सारे स्वाँग उतारकर सोता जब बिस्तर में
रह जातीं कुछ परतें चढ़ी हुई पीछा करतीं दूर तक सपनों में

मैं नींद में का एक अबोध बच्चा
हर सुबह फिर जागता बहुरूपिए की तरह
इतने रूप बदलता हुआ भूल चुका हूँ ख़ुद को ही
एक के कंधे पर रखता हाथ धकियाता दूसरे को
हँसता हुआ अचानक होता क्रोधित
इतना बहुरूपिया कि ठीक तरह न बच्चे समझ पाते हैं न पत्नी
दोस्त घबराते कि रोते-रोते पता नहीं कब लग जाऊँ घिघियाने
मारता हुआ मुक्के खलनायक को
यकायक करने लगता अफ़सोस कि नहीं हो सका उस जैसा

इच्छा करता हुआ आत्महत्या की निकल पड़ता जीवन के रास्ते पर
इतना अविश्वसनीय कि ख़ुद से ही लगता डर
फिर भी इतना विश्वासी कि अपने मन के साथ ही आया हूँ यहाँ
जहाँ बहुरूपिया हो जाना ही रोज़ी-रोटी है
हर बार जब लौटता थका हुआ
दरवाज़े पर ठिठका हुआ क्षण होता एक
फिर उनींदी गहरी साँस के साथ आती एक फुसफुसाहट–
"अच्छा, तो यह तुम हो !"

मैं हज़ार रूपों के भार से दबा प्रवेश करता घर में
लड़खड़ाहट में उजागर करता हुआ मुखौटों का वज़न।

ज़रा-सी ऊँचाई से

वक़्त नहीं है, वक़्त नहीं है कहता हुआ
सोचता हूँ मैंने बनना चाहा था क्या यही जो कुछ बन बैठा हूँ
बोल रहा हूँ क्या अपनी ही भाषा चल रहा हूँ क्या अपनी ही चाल
हँसता हुआ धीरे-धीरे उस शिल्प में
जिसमें कभी सोचा नहीं था कि हँसूँगा इस तरह
फिर-फिर छिपाते हुए अपना रोना वासना की आड़ में
क्रोध में या दिन के कोने में
अपनी ही काया के विस्मृत उजाड़ में
देखता हूँ अपना ही जीवन ज़रा-सी ऊँचाई से

बरसों पहले वाले 'मैं' को मिलाते हुए आज से
ढूँढ़ता हूँ ख़ुद को
मगर मिलती ही नहीं वह तस्वीर पुरानी
पड़ी होगी कहीं जो स्मृतियों के अटाले में
छींकता हुआ इस ज़माने की धूल में बार-बार
आईने में क्या मैं अपना ही प्रतिबिंब हूँ पूछता हुआ चुपचाप
ज़रा-सी ऊँचाई से

नीचे झाँकने पर दिखाई देता यह कौन-सा प्रेत
दिन-रात बड़ा होता क्षण-क्षण होता भयानक

यह बेचैन करती कामनाओं का अतीत या एक भविष्य जो होना नहीं था
अब भाग रहा हूँ उससे बचने या उसे बेहतर रूप में पाने
या इस दहशत से कि नहीं पाया जा सकता उसे जो गुज़र गया
इस तरह इतना शोकाकुल हूँ इतना थका हुआ
कि खड़ा हूँ हाँफता हुआ यहाँ कमीज़ की बाँह से पोंछता पसीना
देखता हुआ अपना ही भय अपना ही रुदन
बस, ज़रा-सी ऊँचाई से।

आवाज़ों की धूल

होंठों की तरह हिल रही हैं पत्तियाँ
नदी, तारे, बादल अपने मद्धिम सांद्र स्वर में पुकार रहे हैं
जैसे पुकार रही है बारिश
झिम झिम झिमझिम
कितने अदृश्य कीड़े हैं जो कुतर रहे हैं ख़ामोशी का पर्दा
एक आवाज़ के साथ रात में से ख़ाली हो रही है नीरवता
वह गिर रही है जैसे गिरती है पानी की पतली धार

कितने बोले जा चुके शब्द हैं कितने लिखे जा चुके अक्षर
और कितने-कितने अबोले स्वर
जिनका पीछा कर रहा हूँ मैं जन्म-जन्मांतरों से
मेरे भीतर से भी दे रहा है कोई मुझे आवाज़

कहीं दूर से सुनाई दे रही है एक धुन
घिसट रहा हूँ मैं पठारों पर
लुढ़क रहा हूँ पहाड़ों से
मैं ज़ख्मी हूँ आवाज़ों से
आवाज़ों के ही फाहे रखे हुए हैं ज़ख्मों पर

आवाज़ों के ही धागे हैं रंग-बिरंगे

जिनसे लगातार बुनी जा रही है मेरी आयु
सब तरफ़ उड़ रहे हैं आवाज़ों के रेशे
उड़ रही है आवाज़ों की धूल
जो बैठ गई है मेरे कंठ में
उसीसे रुँधा जा रहा है मेरा गला।

माइग्रेन

न शरीर, न आत्मा और न ही दुःख जैसा कुछ
बस, दूर-दूर तक साँय-साँय
दूर-दूर तक दुःखन और अनंत दूरी से चलाई गई सूइयाँ
तारी होती हुई एक बेहोशी
जिसमें एक आलपिन गिरने की ध्वनि का विचार
और एक स्मृति की पदचाप भी होती है असह्य
कोमल स्पर्श का भी लगता है वज़न
टूटी, घिसी हुई एक रील चलती है दृश्यों की धुंध में
जैसे अनगिन सुरंगों से गुज़रती है रेलगाड़ी–
धड़-धड़ धड़-धड़ धड़-धड़ धड़-धड़

रोशनी और अँधेरा
फिर रोशनी और फिर अँधेरा
एक पल अँधेरे का और दूसरा चुभती हुई मारक रोशनी का
धड़-धड़ धड़-धड़ गुज़रते हैं स्वप्न जैसे दृश्य :

एक पागल स्त्री मेरी छाती पर बैठी दबा रही है गला
भागता ही जा रहा हूँ मैं
दरवाज़े की चौखट से फूट गया है माथा
गिर गया हूँ उसी कुएँ में जिसके तल के कीचड़ में

सनी पड़ी हैं टीन की बाल्टियाँ और सड़ चुकी रस्सियाँ
जगत पर बैठी बहन माँज रही है पीतल का गगरा
उसकी फ्रॉक पर गीली राख के दाग़ हैं
कनपटी पर गिरती है छिपकली
गाय के चारे में निकला साँप लिपटता है थनों से
पिता ज़रीब लिए भूखे-प्यासे नाप रहे हैं खेत
डेढ़ एकड़-दो एकड़
धड़-धड़ धड़-धड़ धड़-धड़ धड़-धड़

पुराने पार्क में अभी तक गिर रहे हैं पीपल के पत्ते
कालिज की इमारत पर गिर पड़ा है बम
भाई गिर गया है छज्जे से
अस्पताल का गलियारा भरा है कै-दस्त करते हुए मरीज़ों से
मैं पड़ा हूँ वहीं उनके बीच लिथड़ा हुआ
कोई गिर गया है सीढ़ियों पर
दूर कहीं से आ रही है तलत महमूद की आवाज़
टपक रहा है बाथरूम का नल
धड़-धड़ धड़-धड़ धड़-धड़ धड़-धड़

गड्ड-मड्ड हो रहे हैं देखे-अदेखे चेहरे
आधे अँधेरे आधे उजाले में चमक रहा है एक वीभत्स चेहरा
दुःखती आँखों के ठीक बीच में डूब रहा है धुँधला-सा सूर्य
मैं डूब रहा हूँ किसी अथाह गँदले पानी की झील में
आकाश से गिरता हुआ एक पंख के पक्षी की तरह
फटी जा रही हैं नसें बह रहा है पीला-सा रक्त
लुढ़क रहा हूँ पवित्र टेकरी की ढलान से
बीत रहा है मेरा जीवन एक दुःखते हुए सिर में
धड़-धड़ धड़-धड़ धड़-धड़ धड़-धड़ !

प्रक्रिया

एक चीज़ पाने के लिए खोई जा रही है कोई दूसरी चीज़
पुराने पड़ते जा रहे लोगों के बीच
नई जगहों को देख रहा हूँ मैं
पुरानी जगहें पूर्वज चेहरों की तरह बाहर हो रही हैं
स्मृतियों से किताबों से

विस्थापन की एक प्रक्रिया है अटूट

जो बीस साल से मेरे साथ रहा आया
वह अब वैसा नहीं जैसा होने की वजह से हुआ था हमारा साथ
कोई है मेरे एकदम क़रीब ही
जिसे बार-बार दिलाना पड़ता है याद
कि यह नहीं है हमारा लक्ष्य
वह कहता है—"हाँ, यह नहीं है हमारा लक्ष्य"
और ग़ायब हो जाता है सुनहरे कोहरे में

एक उजड़ती हुई चमकदार दुनिया है निराली
जिसमें भाग्य को रौंद रहे हैं हम
फिर भी वश नहीं है हमारा हम पर
हम परम प्रसन्न असहाय देख रहे हैं हमारा ही विस्थापन

और एक ऐसी विराट पण्यशाला
जहाँ मिल रही हैं वस्तुएँ
छूट रहे हैं लोग।

जेब में सिर्फ़ दो रुपए

घर से दूर निकल आने के बाद अचानक आया याद
कि जेब में हैं सिर्फ़ दो रुपए
सिर्फ़ दो रुपए होने की असहायता ने घेर लिया मुझे
डर गया मैं इतना कि हो गया सड़क से एक किनारे
एक व्यापारिक शहर के बीचोबीच खड़े होकर
यह जानना कितना भयावह है कि जेब में हैं कुल दो रुपए

आसपास से जा रहे थे सैकड़ों लोग
उनमें से एक-दो ने तो किया मुझे नमस्कार भी
जिससे और ज़्यादा डरा मैं
उन्हें शायद नहीं था मालूम कि जिससे किया उन्होंने नमस्कार
उसके पास हैं सिर्फ़ दो रुपए

महज़ दो रुपए होने की निरीहता बना देती है निर्बल
जब चारों तरफ़ दीख रहा हो ऐश्वर्य
जब चारों तरफ़ से पड़ रही हो मार
तब निहत्था हो जाना है ज़िंदगी के उस वक़्त में
जब जेब में हों केवल दो रुपए

फिर उनका तो क्या कहें इस संसार में
जिनकी जेब में नहीं हैं दो रुपए भी !

छिपकलियों की स्मृति

उन्हें जन्म से ही देखा है
इसलिए कोई स्मृति नहीं है उन्हें पहली बार देखने की
हो सकता है जन्म के तुरंत बाद ही उन पर पड़ी हो दृष्टि
बच्चे की नज़र ठहरती नहीं इसलिए मुश्किल ठीक-ठीक कुछ कहना
उन्हें छप्पर में दौड़ते या भागते हुए
दीवार पर चिमनी की रोशनी में पकड़ते हुए शिकार
बहुत संभव है खिलखिलाया होऊँ मैं
और उनका पीछा करते हुए ही नज़र ने सीखा हो ठहरना

उनके बारे में जो पहली स्मृति है
वह एक लिजलिजे भय की स्मृति है

घर में कोई भी नहीं था ऐसा जिसे
छिपकलियों से न लगता रहा हो डर
एक बड़ा होता बच्चा भी सीखता है छिपकली से डरना
और धीरे-धीरे क़दम रखता है डर की दुनिया में
फिर वे कुछ सालों तक भयानक लगती हैं
इस हद तक कि वे दीवार पर दिख रही हों या चिपकी हों छत से
तो चैन से बैठा ही नहीं जा सकता उस जगह

गिरती रहीं वे शकुन-अपशकुन की तरह
रसोई या संडास से आती घर की स्त्रियों या बच्चों की आवाज़ें
जो चीख़ की होतीं या ताली बजाने की
वे आवाज़ें याद दिलाती रहीं कि घर में बनी हुई हैं छिपकलियाँ
एकदम नए पुते मकान में आने पर भी
दो-चार दिनों में ही फिर दिखती रहीं वे
जैसे उन्होंने भी हमारे साथ ही बदला हो घर
कुछ तो ठीक उसी पुराने घर की मोटी छिपकलियों की तरह
जो आई होंगी किसी सामान में छिपकर
वे समाज में घर होने की निशानी की तरह रहीं घर में
घर से बाहर उन्हें नहीं देखा गया कभी जीवित

शहर के इस घर में बहुत दिनों से नहीं दिखीं छिपकलियाँ
तो आई उनकी याद
और यह अजीब-सा ख़याल कर रहा है पीछा
कि मैं रहे जा रहा हूँ क्या एक ऐसे घर में
जहाँ मेरे साथ नहीं रह रही हैं छिपकलियाँ
युगों का साथ क्या छूट गया यों ही अचानक और चुपचाप !

सड़क पार करते हुए कुत्ते की मौत

मुझे भी पार करना था सड़क
मैं उस कुत्ते से आगे था और तेज़ी से जाना चाहता था उस पार
मगर मैं ठिठक गया
और उसकी आधी चीत्कार दब गई बस की तेज़ी और घर्राहट में
शेष आधी छितर गई उसके कंठ में ही कहीं

उसकी अकाल और अवाक कर देने वाली मृत्यु के दस मिनट बाद
नवम्बर की सुबह सात बजने को हैं
बच्चे कत्थई स्वेटर में बस-स्टॉप पर आने लगे हैं
उनकी बस आने में कुछ देर है
और वे सहज प्रतीक्षा के इस समय में मरे हुए कुत्ते की तरफ़
देख रहे हैं अजीब निगाह से
जहाँ धड़ और पूँछ बिलकुल बेदाग़ हैं
और कुचल गया मुँह भयानक

सड़क पर आती-जाती गाड़ियों में ज़रा-सा ब्रेक लगता है
बदलते हुए गियर बचाते हुए कुत्ते की ताज़ा लाश को
वे फिर ले लेती हैं अपनी रफ़्तार
इस तरह मनुष्यों का जीवन शुरू हो रहा है इस सुबह में
शहर में कभी न दिखाई देने वाले कौए भी

न जाने कहाँ से आ गए हैं मँडराते

सड़क एक सार्वजनिक लेकिन अनजान मोहल्ला
मैं घर जाकर उसकी लाश के लिए फ़ोन करूँगा
जिसे नगर निगम का जमादार सुनेगा कचरा हटाने की इल्लत की तरह
मैं, जो कुत्ते से आगे होकर जाना चाहता था पार
पार करता हूँ कुछ देर बाद असामयिक निधन से भरी हुई यह सड़क।

इस नई होती हुई दुनिया में

गृहस्थ जीवन की ऋतुओं में से गुज़रते हुए धीरे-धीरे जान सका मैं
अथाह जलराशि, अनगिन तारों और असमाप्त इच्छाओं से भरा
उत्कट, गर्वीला, अपराजित और नतमस्तक प्रेम
नाखूनों से जान पाया मृत कोशाओं का सौंदर्य
उनका आवेग उनकी हिंसा
पलकों पर झिलमिलाती चमक की एक बूँद में जिजीविषा का समुद्र
और वह भाषा जिसमें स्वर ही स्वर थे
आदिकाल से चले आ रहे स्वर जो मंत्रों में बचाए गए
उनको सीखा मैं तुम्हारी चेष्टाओं की ध्वनि से
जो आकर छपाक् से गिरती रहीं मेरी वासना की झील में
मैंने जानी प्रेम की गति नक्षत्रों से परे उसकी लय
उसकी खरोंच
सुबह की भारी अलसाई नींद में, विदा में, आलिंगन में
बघार की धाँस में, बाथरूम से आती नल की धार में
गिरते बर्तन की कर्कश आवाज़ में
क्रोध में, घृणा में और अपने पौरुष की जय-पराजय में
यह एक रोज़-रोज़ का होना था जो होता रहा अपनी तरह से
वहीं देखा मैंने प्रेम के भीतर कितनी चिंता है
कितनी आशंका और कितनी असहायता !

विश्वास की तलवार जैसी धार पर चला मैं तुम्हारे साथ
धीरज की एक नई दुनिया थी जहाँ बार-बार हुआ जाता था अधीर
वहीं थी एक स्वर की आर्द्रता जिसने हर बार मुझे
पेश किया किसी योद्धा की तरह
इस तरह कि भूल गया मैं
कि मैं तो टूट-टूटकर बिखरता हुआ एक पुरुष हूँ

सुंदरता को नए रूप में जाना सबसे ज़्यादा सबसे बेहतर तुम्हारी थकान में
और सबसे पहले तुम्हारी उस बेसुध नींद में
जिसमें बेपरवाह चमक रही थीं तुम्हारी पिंडलियाँ
और जाना आत्मीय निर्लज्जता का सौंदर्य और रहस्यों का गुम्फित जाल
जहाँ एक देह में दिखीं मुझे करोड़ों देह की रश्मियाँ
और वह हिंसक दुलारता हुआ आश्वस्त करता ओजमय रूप
जहाँ कामनाएँ विसर्जित होती रहीं एक स्वेद-बिंदु में

अब जबकि तुम्हारे बिना हज़ारों चाँदनी रातों का कोई अर्थ नहीं
अनगिनत अँधेरी दुर्गम रातों में तुम्हारे होने की रोशनी में
पार किए हैं मैंने बीहड़
और कभी नहीं रहना चाहा इस तरह जीवित
कि जहाँ न हो तुम्हारे होंठों की ऊष्मा वहाँ रहूँ
उस जगह के शीत से हर वक़्त घबराया रहा जीवन
मैं नहीं आना चाहता था तुम्हारे स्पर्श की दुनिया से बाहर
और उस वासना से जिसके प्रकाश में गुम होते रहे मेरे द्वेष
जिसमें पिघलती रही मेरी ईर्ष्या मेरी पशुता

लेकिन यह कौन-सा समय है जिसके विशाल चटियल मैदान में
पहुँच गए हैं हम चलते हुए
जहाँ स्पर्श की कामना और उत्तेजना चिंता के समुद्र में डूब रही है

जहाँ झर रहा है तुम्हारा पराग
टूट रही हैं इच्छाओं की पंखुरियाँ
जहाँ दूर-दूर तक नहीं सुनाई पड़ती कोई तान
यह कौन-सी ऋतु है जहाँ शब्दों से छीने जा रहे हैं उनके अर्थ
जहाँ हर क्षण बंद होती है एक खिड़की
और हम याद नहीं कर पा रहे हैं हमारा ही जीवन
"इस नई होती हुई दुनिया में खुश हैं"—कहते हुए
देखते हैं कि कितने सारे पत्थर हैं जो गिर रहे हैं हमारी नींद में

इस दुनिया में बचे हैं हम सुनते हुए अधूरे स्वप्नों की पदचाप
जो भटक रहे हैं हमारी आँखों में
जहाँ पंद्रह साल शताब्दी की तरह गुज़र गए हैं दुनिया के बीच में से
ठीक वहीं से मैं शब्दों को एक निरर्थक व्याकरण के बीच
रखने की हास्यास्पद क्रिया में जुटा हुआ हूँ
जैसे बेचैनी के पंख से सुखाता हुआ इस पूरे जीवन का पसीना।

मैं क्या हूँ !

एक पत्ता काँपता हुआ चाँदनी में
थोड़ी झुकी मीनार जो जैसी दिखती है धुँधलके में
एक रंग गिरता हुआ कैनवस पर अटपटा
या दुःख का एक थक्का जमा हुआ रक्त की तरह

काली मिट्टी का एक ढेला स्पर्श भर से बिखरने को आतुर
किले का दरवाज़ा जो ढह गया एक तरफ़ से
अपनी ही छाया टूटकर बहती हुई रात की नहर में
होंठों पर न्यौछावर होती एक जलती हुई इच्छा
या एक भविष्य जो सब कुछ देख लेने के बाद बैठा गुमसुम

नदी के घाट पर ज्येष्ठ के दोपहर का मौन
अपने ही अचेतन का अनचीन्हा भटकता सुर
एक टुकड़ा बादल का यहाँ तक आया हुआ बहकर
कोई पराजित जीवन अटका हुआ नैतिक वाक्य में
या हलका मेह बरसता हुआ अपने से पहले की बारिश के पोखर में

एक क्रोधित चेहरा जकड़ा हुआ शिकंजे में
अपनी ही शक्तियों के शाप से शापित पत्थर कोई
गलता हुआ हिमखंड

हिंसक गुर्राहट शिकार के लिए चौकन्नी
एक हँसी जिसमें प्रकट होने की सामर्थ्य नहीं
या एक संकल्प गिरता-पड़ता उठता हुआ बार-बार !

मूर्ति

क्या मैं एक मूर्ति हूँ ?

जो चाहे मेरे चरण छू जाए
जो चाहे चढ़ा दे मुझ पर जल
जिसकी मर्ज़ी हो दे जाए गाली
और कह दे कि नहीं, यह एक सच्ची मूर्ति नहीं

जो चाहे करे मुझ पर बहस
जो चाहे हो जाए मेरा भक्त
और जब चाहे कर दे मुझे खंडित

क्या मैं एक मूर्ति हूँ सिर्फ़
किस तरह की आख़िर ??

शांति सम्मेलन में महाशक्ति का भाषण

मित्रो !
मैं यहाँ क्षमा माँगने के लिए नहीं आया हूँ

मेरे दिल में आप सबको मित्र बनाने की इच्छा है
मैं प्यार करते हुए भी बता सकता हूँ अपनी शक्ति
शक्ति से भी आप सबको कर सकता हूँ प्रेम
मैं नहीं आता तो आप अकेले हो जाते
आपको उदासी और अकेलेपन से बचाने के लिए आया हूँ
क्षमा माँगने के लिए नहीं

सारे समुद्र विश्व की संपत्ति हैं
मेरे समुद्र सिर्फ़ मेरे
आप जानते ही हैं कि पृथ्वी के सारे वृक्ष विश्व की धरोहर हैं
मेरे वृक्ष सिर्फ़ मेरे
तय हो चुका है कि अंतरिक्ष के संभव वृक्ष भी होंगे मेरे ही
आपका जीवन एक ख़तरा है पर्यावरण के लिए
मेरा जीवन एक विशिष्ट शैली
आप पर्यावरण के हित में कृपया अपने जीवन पर विचार करें
और इसके लिए यहाँ इतनी दूर
मैं क्षमा माँगने के लिए नहीं आया हूँ

मैं चिंतित हूँ पूरी पृथ्वी के लिए किसी सम्मेलन भर के लिए नहीं
मैं अपनाना चाहता हूँ पूरी धरती को
आप सब मुझे थोड़ी-थोड़ी जगह दें
शांति की शाश्वत कामना में
मैं आपको हथियार छोड़ने की सलाह देता हूँ
और मिसाइलों के जिस सिंहासन पर बैठा हूँ मैं
ज़ाहिर है कि वहाँ से क्षमा नहीं माँगी जा सकती

मित्रो ! मैं एक शक्तिशाली उदार राष्ट्र
मैं यहाँ क्षमा माँगने के लिए नहीं आया हूँ।

हारमोनियम की दुकान से

उस पुरानी-सी दुकान पर ग्राहक कोई नहीं था
बस एक बूढ़ा आदमी चुपचाप झुका हुआ हारमोनियम पर
इतना तन्मय और बाक़ी चीज़ों से इतना बेख़बर
कि जैसे वह उस हारमोनियम का ही कोई हिस्सा

वह बार-बार दबा रहा था एक रीड को
शायद उसकी स्प्रिंग ठीक नहीं थी
धम्मन चलाते हुए उसने कई बार उस रीड को दबाया
एक हलका-सा सुर गूँजता था उस भीड़ भरे बाज़ार में
जो दस क़दम की दूरी तय करते-करते तोड़ देता था दम
ग़ज़ब कोलाहल के बीच एक मद्धिम सुर को साध रहा था वह बूढ़ा
और चिंतित था कि ठीक तरह से निकले वह सुर
वह इस तरह से सुनता था उस मद्धिम सुर को
जैसे इस वक़्त की एक सबसे ज़रूरी आवाज़

मुझे याद आ रहे थे वे सारे गीत जिनमें बजता रहा हारमोनियम
और बचपन की भजन संध्याएँ
जिनमें हारमोनियम बजाते थे ताऊ तो रुक जाता था पूर्णमासी का चाँद

अचानक खुश हुआ वह बूढ़ा

और तनिक सीधे होते हुए धम्मन चलाकर
उसने दबाई वही रीड जिसे सुधार रहा था वह बहुत देर से

एक सुर था वह
अकेला और निश्शोक
जिसे लेकर आया मैं हारमोनियम की एक पुरानी दुकान से।

सेल्समैन

बस चलने को ही थी
इंजन की घर्र-घर्र से थर्रा रही थी पूरी बस
और वह छोटा-सा लड़का बस में चढ़ा इत्मीनान से
बग़ल में टाँगे हुए सामान से भरा ख़ाकी झोला

उसे अपने सारे वाक्य याद थे
जैसे एक ही शो के लिए की हो उसने हज़ार बार रिहर्सल
मगर उसके चेहरे पर अभिनय नहीं
एक तरह के विश्वास में घुली हुई चिंता की तरह
कुछ प्रकाश कुछ अँधेरा था
किसी जादूगर की गति के अभ्यास की चपलता से चुस्त
उसने निकालीं झोले में से चीज़ें

बस कर रही थी अभी भी घर्र-घर्र
धुआँ, गर्द, उमस और शोर ठीक बस-स्टैंड की तरह था
इन सबके बीच उस लड़के ने दस-बारह लोगों को बेची अपनी चीज़ें
फिर बहुत मज़े से उतरा वह जैसे जानता रहा हो
कि नहीं जा सकेगी बस उसका काम पूरा होने तक
उधर बस के दरवाज़े पर झपटे ही जा रहे थे
भाग-भागकर शहर के कोने-कोने से आते हुए मुसाफ़िर।

शहर के बीच में मस्जिद

(अहमदाबाद में एक मस्जिद को देखकर)

वक़्त के साथ धीरे-धीरे
शहर के बीचोबीच आ गई यह चार सौ साल पुरानी मस्जिद
जिसका सूना गलियारा भीड़ और शोरगुल के बावजूद भी सूना है
और पत्थर में बारीक़ जाली का ऊँचा परकोटा
पैदा करता है भीतर के लिए जिज्ञासा
वहीं एक प्राचीन पेड़ है झुका हुआ बरामदे में
जैसे सदियों से एक वही अकेला पढ़ता आ रहा हो नमाज़
बीच-बीच में साँय-साँय की आवाज़ निकलती है पेड़ में से
और भर जाती है मस्जिद के सुनसान में

उस निचाट सूनेपन और ख़ालीपन और प्राचीनता
और पत्थर की मुग़लकालीन जाली के स्थापत्य के ठीक बाहर
लाखों की गुज़रती हुई आबादी है
जिसके चलचित्र, जिसकी हुमस, जिसके धुएँ और जिसकी जल्दबाज़ी में
दब गई है मस्जिद इस क़दर
कि सड़क के उस पार से खड़े होकर देखो तो
दिखाई देता है सिर्फ़ ट्रैफ़िक का कोलाहल !

समाज यह

यही है मेरा समाज दुःस्वप्न की फैन्टेसी की सीमाएँ पार करता
समाज जिसमें बन गए धीरे-धीरे चौदह वर्ग
पाठ्य-पुस्तकों में सब एकदम घुले-मिले मगर जीवन में इतने अलग
कि साफ़ पहचानता हूँ मैं नीचे से पाँचवें वर्ग में हूँ
चार से समझता हुआ अपने को श्रेष्ठ
हीन हुआ जाता हूँ रोज़ अपने ऊपर नौ का वज़न देखता

विकास हुआ कुछ इस तरह कि पीछे छूट गई भाषा
पीछे छूट गए बिंब और अलंकार
किस छंद में कहूँ अपनी बात जब टूट चुकी हैं मात्राएँ
टूट रहा है जीवन का ही छंद
फेफड़ों में घुसी जाती है आशंकाओं की धूल
यह जो विज्ञान है, आविष्कार और खोजें नई-नई
इन पर तो मेरा इज़ारा नहीं
कितना भी हो बुख़ार नहीं घुस सकता होटेल जैसे अस्पताल में
जहाँ आ गई है इलाज़ की सबसे नई तकनीक

जिन पर सबका हक़ बताया गया
खंडहर हो रही हैं वे सार्वजनिक चीज़ें सभी
नई ऊँची इमारतों का भय रोज़ चार क़दम आता है क़रीब

जिनकी चमक-दमक में ही छिपी
मेरे उजड़ने की दास्तान
यही है मेरा समाज
छिनती जा रही है जिसमें
एक मनुष्य के लिए खड़े होने की भी जगह।

इस काल में

आसपास का सारा शोक, प्रपंच और चातुर्य
अपनी आत्मा की भट्टी में गलाते हुए सब हँसते हैं रात-दिन
जैसे इन्हीं दिनों के लिए किया था हमने तप
जैसे इन्हीं दिनों के लिए बेचैन रहे हज़ारों रातों में
जबकि पूरा दृश्य उतना ही करुण और उतना ही कातर है
जितना हमारे भीतर का साहस

फैल रही है संबंधों की हिंसा
जिन्हें करते हैं सबसे ज़्यादा प्रेम
सबसे ज़्यादा ख़तरा है उन्हीं के ऊपर
जिन्हें देखना चाहते रहे हम बार-बार
वे आख़िरी बार दिखाई दिए किसी को
जाते हुए सुनसान पहाड़ी की तरफ़

इस काल में हम सबकी कथा एक जैसी है
हम एक ही नाटक में बार-बार कर रहे हैं काम
हमारी हँसी, हमारे शब्द, हमारा शृंगार
और हमारी भूमिका इस हद तक एक सी है
कि हर बार धोखा खाते हैं हम एक दूसरे से
चौंकते हुए देखकर अपने ही क़रीब
ठीक अपने ही जैसा अभिनय !

सीधा प्रसारण

अभिनेता सरलता के अभिनय में मारता हुआ सबको
प्रकट कर रहा है ख़ुद को मार खाता हुआ
चालाकी के जंगल में शब्दों का आखेट यह
जहाँ से अविश्वसनीय हो रही है वह पूरी भाषा
जो निकाली गई लाखों सालों के मंथन में

वहीं राजनीति, छल और लोकशक्ति
एक फूहड़ हँसी में प्रतिनिधित्व कर रहे हैं मुझ नागरिक का
तुच्छ जीवन के अनुभव इतने बड़े आदर्श हुए
कि संसार को सुधारने का उदाहरण हैं अब
विनम्रता से उच्चरित शब्दों से टपकता है गाढ़ा लसदार दर्प
एक करुण पात्र मंच से उतरकर
दर्शकों की तरफ़ से बजाने लगता है तालियाँ
एक लाचार सन्नाटे में डूब जाती है रंगशाला

वहाँ तब भी बचा रहता है
बार-बार क्षमा माँगती हुई निरीहता का एक नाट्य
जो तानाशाह की हिंसा से भी अधिक हिंसक
जो एक भाड़े के सैनिक से भी अधिक क्रूर होकर
छीन लेता है अपने लिए कुछ जगह

ऐसी याचना में छिपी होती है एक धौंस
जिसके आगे हर बार परास्त होता हूँ मैं एक प्रेक्षक

अगले ही दिन फिर दिखाया जाता है
हिंसक निरीहता और मेरे आत्मसमर्पण का सीधा प्रसारण।

धीरे-धीरे

धीरे-धीरे असहायता यहाँ तक लाती है
कि मृत्यु से बचने के लिए
जाति को कवच बनाना होता है

यह भी धीरे-धीरे घटित होता है
कि पाठ्य-पुस्तकों के पन्ने पलटने पर
शब्दों की जगह मिलते हैं लंबे नाखून

धीरे-धीरे मूर्तियों और मानक स्तंभों को
ढहा दिया जाता है
सत्ताओं के गिरने पर प्रचारित होता है
कि ज्ञान और विचार की मीनारें गिर गईं

फिर धीरे-धीरे ये सब
उतने ही जीवंत और प्रकाशमान मिलते हैं
अगले उत्खनन में

धीरे-धीरे ही समृद्ध होते हैं
पुरातत्त्व और अनुभव।

प्राणतत्त्व

वह जो आँसू की तरह दिखाई दे रहा है
ख़ून का थक्का है
वह प्रकाशमान टुकड़ा
इस आबाद धरती का सबसे चमकीला तारा है

एक रात किसी ग्रह से जब कोई
इस पृथ्वी को
अपने आकाश की तरह देखेगा
जमा हुआ यह चमकदार आँसू
आकाश के सबसे चमकीले और अटल तारे की तरह
उनकी लोककथाओं में आएगा

यह आँसू खून का
जो एक सूखी आँख में दिख रहा है
अगली शताब्दियों की लोककथा का
प्राणतत्त्व है।

शिशु

एक शिशु मेरे भीतर
जो एक कोशा के जीवद्रव्य की तरह
अपनी आकृतिहीन शिशुता के जीवन के लिए
बहता है टकराता है कोशा की लचीली दीवारों से
जिसे ढकती ही जाती हैं आसपास की कोशाएँ
मांस-मज्जा के बीच धँसता ही जाता है जो

करते हुए प्यार हँसते हुए फूहड़पन से
पीते हुए चाय देखते हुए फ़िल्म बच्चों के खेल में होते हुए शामिल
गंभीर बैठकों में बाएँ पैर के जूते से ठकठकाते हुए फ़र्श
पढ़ते हुए कविताएँ अचानक चीख़ते हुए किसी बात पर
छातियों में घुसाते हुए सिर लेते हुए गहरी लंबी साँस
फिर आता सालों बाद यकायक याद
कि उस वक़्त खोजता रहा मैं
असंख्य पर्तों से ढका हुआ अपने भीतर का शिशु

शिशु—जिसकी तस्वीर का कोई नेगेटिव नहीं है मेरे पास
जिसकी खोज में ही छोड़ देनी होगी अपनी यह देह एक दिन।

माँ अतिथि है

माँ घर में आई है लेकिन वह अतिथि है
उसके पास उसके हज़ारों बाक़ी रह गए काम हैं
उसके पास उसका अपना घर है
जिसे लंबे समय तक नहीं छोड़ा जा सकता सूना
जो भरा हुआ है बीते हुए समय से

माँ धीरे-धीरे चली गई है इतनी दूर
कि उसके सबसे स्मरणीय और चमकदार रूप के लिए
लौटना होता है कई साल पहले के वक़्त में

मैं चाहूँ तो भी नहीं रोक सकता माँ को जाने से
भूल चुका हूँ मैं हठ करना
दूर-दूर तक नहीं बची रह गई है मुझमें अबोधता
धीरे-धीरे मैं ख़ुद चला आया हूँ माँ से इतनी दूर
कि मेरे घर में अब
माँ एक अतिथि है।

जैसे मेरे ही शहर में

पराए शहर में थोड़ी-सी फुरसत हो
तो धीरे-धीरे लगता है कि यह शहर अजनबी नहीं
कोई मोहल्ला ही है अपने शहर का जहाँ
किसी वजह से आना नहीं हो पाया अब तक
यहाँ भी बेकरी की उतनी ही छोटी दुकान उतना ही कम सामान
जितना मेरे घर के बग़ल की दुकान में
कुत्ता हड़काए जाने पर पूँछ दबाए भूँक रहा है ठीक उसी तरह
जैसे दूसरी गली का कुत्ता डरता हुआ पत्थर उठाने के अभिनय से

फुरसत में ही दिखती हैं चीज़ें अपने सही रंग और रूप में
जहाँ बैठा सुस्ता रहा हूँ मैं उसके सामने का मकान दिखता है वैसा ही
जैसा मेरे शहर में मेरे एक दोस्त का
मुमकिन है कि आवाज़ दूँ तो निकल पड़े वह बाहर, कहे
तुम यहाँ कहाँ बैठे हो—चलो अंदर, बहुत दिनों बाद आना हुआ
जहाँ चाय पीकर रखा गिलास वहाँ वैसी ही मुरम है
जैसी मेरे शहर के मैदान में
चप्पल उतारकर वहाँ पाँव रखता हूँ
तलुए उसी तरह लाल होते हैं

पास में ही चार-पाँच के झुंड में चिड़ियाएँ चुग रही हैं दाना

जैसे चुगती हैं घर के पीछेवाले ख़ाली प्लॉट में
दूब और कचरे के बीच उड़ रही हैं पॉलीथिन की थैलियाँ
दो कौए बैठे हैं रेलिंग पर करते काँव-काँव
बिजली के तारों में यहाँ भी उलझी हुई है एक पतंग
बच्चे लौट रहे हैं उसी तरह स्कूल से ड्रेस में अस्त-व्यस्त
इन्हीं में होगा मेरा बेटा भी रटाई गई बातों से थका
लगता है काफ़ी देर हुई मुझे चलना चाहिए अब
वरना बड़ी बेटी आ ही जाएगी खोजती हुई
कहेगी, अब चलो भी—माँ कब से कर रही है आपका इंतज़ार।

झूठ का संसार

कुछ झूठ बचपन से ही हो गए थे साथ
कुछ उपदेशों में मिले कुछ अनुयायियों में
कुछ झूठ रोज़ मिलते रहे रास्ते में आते-जाते
उनसे करता रहा मैं नमस्कार
वे वर्षों तक पूछते रहे मेरे घर भर का हालचाल
कुछ झूठ मैं ख़रीदता रहा पैसे देकर
झूठ की नौकरी करते हुए करता रहा झूठ की रक्षा

हर जगह झूठ की क़तारें थीं
झूठ का रोज़गार था झूठ का सत्य
झूठ की रोशनी थी जिसमें चमक रहे थे चेहरे
झूठ ने संसार को बना दिया था ख़ुशहाल
झूठ का धर्म था झूठ का युद्ध

जिन्हें झूठ बोलते हुए लगता था डर
झूठ का जीवन जीते हुए होती थी ग्लानि
वे सब तारे बन चुके थे
और पृथ्वी से लाखों मील दूर टिमटिमा रहे थे
उसी टिमटिमाहट के भरोसे मज़े में कट रहा था दुनिया भर का जीवन।

मूर्खताएँ

मूर्खताएँ हमारी सहज बुद्धि का चमत्कार हैं
उन्हें सीखना नहीं पड़ता
और संभव भी नहीं कि उन्हें सिखाया जा सके

आज की बुद्धिमानियाँ
कल पता चलता है कि हमारी सर्वोत्तम मूर्खताएँ थीं
फिर ध्यान देने पर लगता है
यह जीवन टिका हुआ है मूर्खताओं पर ही

उनके लिए किसी प्रसंग की ज़रूरत नहीं
लेकिन वे प्रसंगों को स्मरणीय बना देती हैं
किसी को सुनाने के लिए याद करने पर
वे मुश्किल से ही आती हैं याद
क्योंकि वे इतनी अधिक हो चुकी होती हैं
कि चुनना आसान नहीं

उन पर रोने से कोई फ़ायदा नहीं
हँसना तो और भी कठिन
वे अपने आपमें कम अजीब नहीं होतीं
और अक़सर हमें विपदाओं में से निकाल लाती हैं

हालाँकि विपदाओं में डालने में भी उनकी ही भूमिका होती है

वे हमारी दिनचर्या का उपसर्ग हैं
छोटी-मोटी मूर्खताओं का तो हमें पता ही नहीं चल पाता
हम उनके इतने आदी हैं
कि अक़्सर ही हम एक-दूसरे से
उनकी आशा करते हैं।

चरित्रवानों की कथा

सबसे पहले वे
जिन्होंने चरित्र को संयम के सहारे ढोया
जिनकी पीठ पर सच्चरित्रता के नीले निशान रहे
कथाओं और किताबों में उनका ज़िक्र हुआ ख़ूब

इसके बाद बचे रहे दो तरह के चरित्रवान
एक वे
जो सामर्थ्य के अभाव में चरित्र नष्ट न कर सके
दूसरे वे
जो अवसर के अभाव में चरित्रवान बने रहे

शेष
राजनीति में गए।

सभ्य जीवन

मैंने एक छलाँग में पार किया जंगल
दूसरी छलाँग में पहाड़
तीसरी छलाँग में नदी
और चौथी छलाँग में संबंध

अंतिम छलाँग में पार करना था मुझे
एक छोटी-सी खंदक
उसीमें जाकर गिरा मैं

वहीं गुज़ारना था मुझे मेरा अकेला
सभ्य जीवन।

अंतर्विरोध

अपनी चालाकी पर हँसते हुए
दूर तक लुढ़कता जाता हूँ मैं
पश्चात्ताप करने का साहस
थाम लेता है मुझे खाई के मुहाने पर

बारम्बार झूठ बोलते हुए एक दिन लगता है
यह संसार का सबसे सरल और मज़ेदार काम है
जो सच बोलने की कोशिश में अमर हुए
उनकी तस्वीरें श्रद्धा से दिखाता हूँ बच्चों को

दूसरों के दिए दुःख की परवाह करता हूँ
आँसू बहे चले जाते हैं हृदय पर जैसे गाज़ गिरती है
और उनके बारे में कुछ नहीं सोचता
जो मेरी वजह से दुःखी हैं।

वह पेशाबघर

तीन जगह पूछने पर बमुश्किल खोज पाया उस पेशाबघर को
जो एक तंग गली में था बीच बाज़ार में
घिरा हुआ चारों तरफ़ दुकानों से
उसके ठीक बाजू में थी धनिए के आढ़तिए की दुकान
पेशाबघर को बाज़ार से ओट देने के लिए बनाई गई दीवार पर
चमक रहा था कोकाकोला का विज्ञापन
कुछ इस तरह से भी छिप गया था वहाँ पेशाबघर का होना
पेड़ू की नसों के खिंचाव और बदहाली के बीच भी
मुझे हँसी आई और मन ही मन मैंने लोहा माना उसका
जिसने विज्ञापन के लिए चुनी यह दीवार

ज़रा-सा अंदर झाँकते ही एक भभका आया
मेरे भीतर बैठे रसायनशास्त्र के विद्यार्थी ने पहचान लेने की पुकार लगाई—
अमोनिया ! अमोनिया !!

दो घर थे दोनों भरे हुए
पहले में एक बूढ़ा खाँस रहा था इत्मीनान से बैठा
उसकी धोती का कोना छू रहा था नम और गंदे फ़र्श को
घिन के बावजूद मैं मज़बूर था यह दृश्य देखने के लिए
कि मेरे पीछे तब तक लाइन में आ चुके थे चार लोग

दूसरे घर में एक आदमी एक हाथ से नाक पकड़े हुए
कुछ जल्दबाज़ी में था
उसकी तरफ़ सब देख रहे थे उम्मीद से
उधर बूढ़ा खाँसे जा रहा था बेफ़िक्री से
तमाम दुर्गंध, मक्खियों और गंदगी से निरपेक्ष
शायद उसे प्रोस्टेट की बीमारी हो—मैंने दयाभाव से सोचने की कोशिश की तो
मुझे मेरे दादा की याद आई
मगर तब तक दबाव इतना हो गया था कि मैंने उसे मन ही मन गाली दी

आख़िर वह अधेड़ ही बाहर आया
कोने में पान की पीक से पुराने पड़ते और रोज़ नए होते धब्बों
गुप्तरोगियों के मसीहाओं और नई जवानी के दाताओं के पर्चों के बीच
वहाँ एक अखिल भारतीय कवि-सम्मेलन का पर्चा चिपका था
और पाँच मील दूर हनुमानजी की मूर्ति अचानक निकल आने पर मुफ़्त भंडारे
का पोस्टर भी

इन सबसे निबटकर चैन की साँस लेते हुए बाहर आया तो
नथुनों में भर गई धनिए की ख़ुशबू
तब ध्यान से देखा कि पेशाबघर
बीस क़दम की दूरी से भी नहीं लगता था पेशाबघर
उसके दूसरी तरफ़ थी टेलीविज़न की दुकान
वहीं दुकान के आगे फुटपाथ पर रखे हुए थे टेलीविज़न के मॉडल एक के
ऊपर एक
लगता था कि किसी का भी स्विच ऑन किया जाए तो
सामने आ जाएगा पेशाबघर की दीवार पर बना हुआ
कोकाकोला का विज्ञापन।

प्रकाश

अँधेरे के गाढ़े जाल को तहस-नहस करता कौंधता
फिर विहँसता जैसे कोई अबोध शिशु चपल
वह फैलता है जैसे प्रसन्न मन का विस्तार
वह गिरता है जैसे अगोचर पुष्प दल
आशंका और भय को अपने भारहीन पैरों से कुचलता
गुज़रता पारदर्शी चीज़ों की देह में से
वह जिस तेज़ी से बाहर फैलता है
उससे हज़ार गुना ज़्यादा भीतर
वह सबसे सघन और सबसे विरल
कोमल राग की तरह है उसकी गूँज
अंधकार उसी गूँज की विस्मृति
वह आता है हमारी नाउम्मीदियों का दूर तक करता पीछा
प्रकाश—जिसमें सब कुछ साफ़ दिखाई देता है
जो चीज़ों पर गिरता है और उन्हें शकल देता है
जो रंगों को रँगता है
जो मेरी पुतलियों में दमकता है
प्रकाश,
जिसमें मैं अपने दुःखों को देखता हूँ और बीनता हूँ।

काल बोध

मैं यहाँ हूँ समय का स्तूप
युग की एक लाट
और यह एक तृण भी मैं ही

पानी बरस रहा है
सब कुछ सराबोर हो रहा है जल में
प्रलय नहीं है बारिश है

स्याह रंग का पत्थर एक
भीगता है गले तक डूबा हुआ
जिसके ऊपर बैठा गिरगिट घुमाता है आँखें
कहीं भी छलाँग लगाने के लिए
फिर से कहीं भी प्रकट होने के लिए

एक भौंपू है
एक घड़ी है
और बारिश के बीच अचानक धूप है।

डायरी की खोज

जहाँ एक डायरी की जगह ख़ाली है
वहाँ डायरी थी एक
जिसमें लिखा सब कुछ सिलसिलेवार
जिसमें दर्ज़ हुईं चीज़ें देखे-परखे जाने की वास्तविकता में
जिसमें दर्ज़ हुए लोग उनकी अपनी तरह
जिनमें से कई को भूला मैं
डायरी में लिख देने की निश्चिंतता की वजह से

रोज़-रोज़ खोजता रहता हूँ उसी डायरी को
और मिलती रहती हैं मुझे इसी खोज में
दूसरी चीज़ें तमाम !

क्रांति का रास्ता

जब मेरे दुःख मेरे मुकुट नहीं होंगे
सम्मान में जब छिपा नहीं ली जाएगी भयग्रस्त घृणा
जब झपट नहीं पड़ूँगा चमकदार चीज़ों पर
और बाज़ार से किसी अपमानित की तरह नहीं गुज़रूँगा
छोड़ सकूँगा वे सब औपचारिकताएँ जिनसे हुआ जाता हूँ निर्बल
जब हर बार मनुष्य होने की कामना ही कौंधेगी मन में
जाऊँगा उधर भी जिधर कुहासा होगा
और साथ में होंगे हाथ हज़ारों

जब झूम नहीं जाऊँगा उस काम की शाबासी पर
जो तो था मेरा ही काम
जब साहस काँप नहीं जाएगा ओहदे के दरबार में
जिसमें हृदय नहीं शामिल नहीं करूँगा वह काम एक क्षण के लिए भी
रह सकूँगा उनके साथ उन जैसा
जिनका कि एक हिस्सा ही हूँ मैं
जब छोड़ दी जाएगी उम्मीद लालच भरी
कि कोई लाएगा उपहार में वह सब जो आना चाहिए मेहनत से
और हँसते हुए अपनी किसी विफलता पर
फिर जुट जाऊँगा नए सिरे से उसी काम में

पढ़ता हुआ इतिहास झूठा
गर्व का मारा सीना फुलाए चलूँगा जिस रास्ते पर
वह तो नहीं होगा क्रांति का रास्ता
जिस पर जाती हुई दिख रही है एक अनंत भीड़ इस समय !

पुराने दिन

वहाँ की यात्रा संभव नहीं अब सदेह
यों भी वहाँ सब कुछ इतना बदल चुका है
कि अब वह स्मृति में ही सुंदर है
जहाँ तस्वीरें सज़ा काट रही हैं
वह अलबम आले में रखा हुआ खा रहा है धूल
तस्वीरों का रोगन भी पड़ चुका है पीला
वे चेहरे छुओ जो हमें कभी सबसे ज़्यादा प्यारे रहे
तो उँगलियों पर आते हैं रंगों के निशान

उनकी शहतीरें छूने से
उनमें से घुन जैसा कुछ झरता है।

तबादला

मटमैले काग़ज़ पर एक आदेश
छूट जाना है एक जगह का
और एक जगह का छूटना सिर्फ़ जगह का छूटना नहीं होता

जगह के साथ छूट जाते हैं कुछ दोस्त
परिचित चेहरे और उनकी आँखों की चमक
छूट जाती है पड़ोस की बच्ची और उसकी तुतली बातचीत
छूट जाता है खिड़की से दिखता गुलमोहर का पेड़
तीन चिड़ियाएँ रह जाती हैं उस पेड़ पर
छूट जाती है एक पुरानी ईंट की दीवार
और उस पर लगी भूरी पड़ गई काई
चिट्ठियों के लिए पुराना पड़ जाता है एक पता

बदल जाता है सूर्योदय का कोण

एक गली का आकाश छूट जाता है पीछे
चलते-चलते एक दोस्त हो उठता है भावुक
सामने वाली अम्माँ बेटे को छाती से लगाते हुए
पल्लू से खोलकर देती हैं कुछ रुपए
ताँगे तक छोड़ने आई आँखें पीछा करती हैं दूर तक
और अश्वगति से पीछे छूटता जाता है
जाना पहचाना रास्ता।

इस तरह विदा !

इस तरह विदा ली हमने
जैसे हम जा रहे हों एक दूसरे की हत्या करके
जैसे हमने दुनिया से मिटा ही दिया हो
एक दूसरे का समूचा अस्तित्व
और वे सब दृश्य-अदृश्य चीज़ें भी
जो संभव हुई थीं हमारे साथ-साथ होने से
जैसे सूने रास्तों पर हमारे साथ चलने की आवाज़
जैसे एक युग्म की परछाईं
जैसे हमारी वे सारी छवियाँ जो रह गई होंगी
वहाँ वहाँ जहाँ जहाँ से गुज़रे हम
दबी होंगी जो किन्हीं दृश्यों के बीच

इस तरह विदा ली हमने जैसे हमें
कभी किसी ने देखा ही न हो साथ में
जैसे नहीं रह गई हो आकाश के किसी भी तारे की आँख में
हमारी कोई तस्वीर
इस तरह विदा ली हमने जैसे साफ़ कर दिए हों
अपनी उँगलियों के निशान उस पूरे वक़्त से
जिसे छुआ था हमने कभी

जैसे हम एक जीवन में से अचानक उतरकर
बैठ गए किसी दूसरे ही जीवन में।

ज़िलाधीश कार्यालय के परिसर में

घर-गाँव छोड़े चार दिन हुए
अहाते के पेड़ के नीचे बैठा है हलवाहा
घरवाली ने रखी थीं जितनी भी ज्वार की रोटियाँ
हो चुकी हैं ख़त्म
नाज़िर कहता है अभी रुको दो दिन और !
बाबू माँगता है कलेक्टर की नाक के नीचे
दो सौ रुपए की रिश्वत
सारे हाकिम रोज़ आते-जाते हैं पेट हिलाते हँसते
भूखे असहाय हलवाहे के सामने से

उधर सरपंच का लड़का दुनाली टाँगकर
हर किसी के खेत में चरने देता है अपने बैल
तलुओं में काँटे लेकर जोतता आया है वह खेत और किसी के
जिस धरती पर सोता रहा वह अब तक
उतनी धरती भी उसकी नहीं

सरकारी आकाश के नीचे भूखा लेटा हलवाहा
याद करता है अपने घर पर बँधी गाय
जो नहीं देती दूध और होगी भूखी

उसके बच्चे उजड़ रहे जंगल में ढूँढ़ रहे होंगे करौंदे

चार दिन से चकरघिन्नी हो रहा हलवाहा
अब लेटा है अशक्त।

मेरे चारों तरफ़

कितने लोग हैं मेरे चारों तरफ़ फैले हुए
लेकिन मुझे वे घेरते नहीं मेरे साथ रहते हैं

सब्ज़ीवाले पुकारते हुए
ठिठोली करते बच्चे खेल में झगड़ते भागते
स्त्रियाँ अपने काम में जुटीं मगर दुनिया भर की बातों में मशगूल
ताँगेवाले गुज़रते हुए लगाते अपनी हाँक
सरकारी नल पर जुटी है वही सनातन भीड़
हलवाई अपनी मस्ती में बना रहा है जलेबियाँ
एक रोगी की कराह भी आ रही है यहीं क़रीब से
चिल्ल-पों है और अनगिन आवाज़ें

कितनी हलचल है
कितने सारे लोग
जो मुझे समेट रहे हैं अपनी बाँहों में
जिनके बिना मेरा होना इस संसार में होना नहीं होगा
मेरे चारों तरफ़ इतनी व्याप्ति
कि मुझे किसी संभव द्वीप की निर्जनता से करती हुई निर्वासित।

एक स्त्री पर कीजिए विश्वास

जब ढह रही हों आस्थाएँ
जब भटक रहे हों रास्ता
तो इस संसार में एक स्त्री पर कीजिए विश्वास
वह बताएगी सबसे छिपाकर रखा गया अनुभव
अपने अँधेरों में से निकालकर देगी वही एक कंदील

कितने निर्वासित कितने शरणार्थी
कितने टूटे हुए दुःखों से कितने गर्वीले
कितने पक्षी कितने शिकारी
सब करते रहे हैं एक स्त्री की गोद पर भरोसा
जो पराजित हुए उन्हें एक स्त्री के स्पर्श ने ही बना दिया विजेता
जो कहते हैं कि छले गए स्त्रियों से
वे छले गए हैं अपनी ही कामनाओं से

अभी सब कुछ गुज़र नहीं गया है
यह जो अमृत है यह जो अथाह है
यह जो अलभ्य दीखता है
उसे पा सकने के लिए एक स्त्री की उपस्थिति
उसकी हँसी उसकी गंध
और उसके उफान पर कीजिए विश्वास

वह सबसे नई कोंपल है
और वही धूल चट्टानों के बीच दबी हुई
एक जीवाश्म की परछाईं।

यदि मैं नहीं लिखता होता कविताएँ

चीज़ें कुछ अलग तरह से नज़र आतीं
शायद वे अधिक ठोस होतीं और कुछ कम पारदर्शी
बहुत मुमकिन है न पड़ी होती देर रात तक जागने की आदत
और मैं भी उठता पिता की तरह ब्रह्ममुहूर्त में
नौकरी के काग़ज़ातों में सिमटकर रह गई होती साक्षरता
छुट्टियाँ ख़र्च करता रिश्तेदारों के यहाँ आने-जाने में
तय है तब फूफाजी और जीजाजी से बेदिली नहीं हुई होती

बचपन में जिन कवियों की रटी जीवनियाँ
भूल जाता अब तक उन्हें
कविता के नाम पर याद रहती ऐसी ही कोई पंक्ति—
'चारु चंद्र की चंचल किरणें'—जिसमें अनुप्रास का मज़ा था बहुत
या फिर कोई राष्ट्रीय क़िस्म का गीत

यदि मैं नहीं लिखता होता कविताएँ
तो हो सकता है बचे हुए समय में कर लेता कोई दुकान
या घर पर ही रख लेता फ़ोटो कॉपी करने की मशीन
थोड़ी फ़ुरसत हो और महत्त्वाकांक्षा भी तो आदमी सोता नहीं रहेगा
मुमकिन है शतरंज खेलने में लगाता अपनी ऊर्जा
इसकी उम्मीद कम ही कि जाता राजनीति में

मगर मन रम जाता तो हो सकता है हो जाता फुल टाइम वर्कर

किस तरह समझता इस दुनिया को मुश्किल है कहना
जिस समय में रचता हूँ पढ़ता हूँ
उस वक्त में क्या करता
क्या कहूँ, क्या बताऊँ उस आदमी की तरफ़ से
जो लिखता है कविताएँ
यह भी संभव है कि होता ठीक ऐसा ही जैसा हूँ
बस कुछ दोस्त अलग होते
कुछ बातें कुछ रुचियाँ होतीं अलग।

अनुवाद

मैं एक शब्द कहता हूँ
उस तरह जिस तरह मैं उसे जानता हूँ
दूसरे तक सिर्फ़ उसका अनुवाद पहुँचता है
उस शब्द की तरह जैसा उसने अब तक जाना है

मेरी संतुष्टि का अनुवाद
असंतुष्ट आदमी के लिए कभी सही नहीं हो सकता
मेरा दुःख
दूसरे के लिए अनुवाद में नहीं घट सकता ठीक-ठीक
एक दारुण दृश्य को किसी भी भाषा में
नहीं किया जा सकता अनूदित

जैसे जब मैं कहता हूँ—'हत्या'
तो एक आदमी रोने लगता है
और हँस देता है एक दूसरा आदमी

मेरे पास कुछ संकेत हैं
कुछ रंग और कुछ इच्छाएँ
जो पूरी पृथ्वी पर एक जैसी हैं

मैं अपनी भाषा में बार-बार
लिखता हूँ इन्हीं इच्छाओं को
बार-बार करता हूँ
इन्हीं इच्छाओं का अनुवाद।

अनंतिम

यह थकान, यह हताशा, यह मलबा, यह पराजय
कुछ भी अंतिम नहीं है
देखते-देखते अभी उठूँगा पस्ती को रौंदता हुआ
आएगा मेरे भीतर से मेरा अपराजित मनुष्य
फिर से शुरू होगा जीवन
धूमिल हो रही चीज़ों पर फिर से आएगी चमक

इतने ख़तरे हैं इतना है उन्माद
कि कुछ भी अंतिम नहीं अपनी स्थिति में
इतनी है मारकाट कि हँसी हँसी को खा रही है
हिंसा हिंसा को
नहीं कह सकता कब तक बचा सकूँगा
एक पँखुड़ी, एक पत्ती या एक बूँद आँसू
नहीं कह सकता कब तक खड़ा रहूँगा सह सकूँगा कितने वार
और कब गिर जाऊँगा समय की छाती पर

मैं किसी स्पर्द्धा में शामिल नहीं
मैं सिर्फ़ कर रहा हूँ अपना काम
संभव है अब जब मैं गिरूँ तो लोग कहें
काम करते-करते सुस्ताने के लिए रुक गया है कोई

कोई नहीं कह सकता
कि फिर से नहीं उठ पड़ूँगा मैं !